Fish
is
Fish

鱼就是鱼

〔美〕李欧·李奥尼 文·图

阿甲 译

南海出版公司

树林边上有一个池塘，池塘里有一条米诺鱼和一只蝌蚪。
他们常在水草丛中游来游去，是一对形影不离的好朋友。

一天早晨，蝌蚪发现自己在一夜之间长出了两只小脚。

"看哪，"他得意地说，"你看，我是只青蛙！"

"胡说，"米诺鱼说，"你怎么可能变成青蛙？昨天晚上，你还是条小鱼呢，就像我一样！"

他们争来争去也没结果，最后蝌蚪说："青蛙就是青蛙，鱼就是鱼，就是这么回事！"

在接下来的几个星期里，蝌蚪又长出了一对小小的前腿，
尾巴也越来越小了。

然后，在一个晴朗的日子里，一只真正的青蛙长成了。

他爬出水面，来到长满青草的岸上。

米诺鱼也在不断地长着，长成了一条完全成熟的鱼。

他常常好奇地想，那位长着四条腿的好朋友到底上哪儿去了呢？

可是日子一天一天过去了，青蛙还是没有回来。

鱼觉得还有点晕，便在水里漂浮了一会儿。然后，他大口大口地呼吸，任由清凉的水流过他的腮。现在他感到身体又重新变得轻悠悠的了，尾巴只要轻柔地摆一摆，他就能游前游后，游上游下，就像从前一样。

　　阳光从水面上照射下来，揉碎在水草间，柔柔地变幻着亮光闪闪的色块。这个世界的的确确是全世界最美丽的一处了。

　　他对着青蛙微笑，他的朋友也正坐在睡莲叶上看着他。

　　"你是对的，"他对青蛙说，"鱼就是鱼。"

图书在版编目(CIP)数据

鱼就是鱼/〔美〕李奥尼编绘；阿甲译.－海口：
南海出版公司，2011.5
ISBN 978－7－5442－5319－2

Ⅰ.①鱼…　Ⅱ.①李…②阿…　Ⅲ.①图画故事－美
国－现代　Ⅳ.①I712.85

中国版本图书馆CIP数据核字（2011）第010233号

著作权合同登记号　图字：30－2007－168
FISH IS FISH
Copyright © 1970 by Leo Lionni
Copyright renewed 1998 by Leo Lionni
This translation published by arrangement with Random House Children's Books,
a division of Random House, Inc.
through Bardon-Chinese Media Agency

鱼就是鱼
〔美〕李欧·李奥尼　文·图
阿甲　译

出　　版　南海出版公司　（0898）66568511
　　　　　海口市海秀中路51号星华大厦五楼　邮编 570206
发　　行　新经典发行有限公司
　　　　　电话（010）68423599　邮箱 editor@readinglife.com
经　　销　新华书店

责任编辑　白佳丽
内文制作　田晓波

印　　刷　艺堂印刷（天津）有限公司
开　　本　889毫米×940毫米　1/12
印　　张　$3\frac{1}{3}$
字　　数　3千
版　　次　2011年5月第1版
印　　次　2024年4月第26次印刷
书　　号　ISBN 978－7－5442－5319－2
定　　价　39.80元

李欧·李奥尼作品集

爱心树绘本馆

闲聊李奥尼的人生花絮

儿童阅读推广人　阿甲

在过去一年多的日子里，李欧·李奥尼在我的生活中占据着相当重要的位置。我常常反复念叨着他说过的话，无论走到哪里都在包里塞一两本他的书，随时想起来就到处搜罗有关他的一切资料……但是更多的时候，我会长时间地盯着他写写画画的那些页面，出神地想着：这位老兄在这里想说的到底是什么？

我感觉自己非常幸运，能在一年多的时间里前后翻译九本李奥尼的图画书。以如此方式与这位大师深入交流，十分快慰。翻译的工作渐近尾声，编辑嘱我写一点关于李奥尼的文字，可是好长一段时间我竟不知从何说起。李奥尼的一切就在那里，都在他的书里：小黑鱼、阿佛、哥尼流、玛修、亚历山大……都是他，还有什么好说的呢？我就说说李奥尼人生中的一些花絮吧——主要是那些对我在翻译中的理解产生过一些影响的花絮。

大约在三十年前的暖洋洋的一天，在意大利托斯卡纳地区的一间农舍里，一位七十岁左右的老人正与什么人在电话里慢慢地聊着，可是他的思绪渐渐游离了，只见他手中的笔在便笺纸上随意地涂画着。上面画的就像顽皮的孩子们的信手涂鸦之作，大致可看清楚是一只蜥蜴，左看右看又像是一只鳄鱼，但从自然科学的角度看两者都不是，因为那是一只直立行走的爬行动物！据说李奥尼的《鳄鱼哥尼流》最初就是这么诞生的。

在刚开始接触到这本书时，我本想将 Cornelius 译为"鳄鱼小克"，或许孩子们会更喜欢的。可是当我对李奥尼了解得越来越多之后，这个名字也似乎另有深意了。从表面上看，它只是与 crocodile（鳄鱼）形似，但再仔细揣摩，这是个意大利的常见名字，而最为著名的一位通常被译为哥尼流，是《圣经·新约》中的一位

书编辑是这样描述他的生活与创作的：李奥尼把生活分成了两个世界，通常春天和夏天他待在意大利托斯卡纳的一个农庄里，秋天和冬天则来到纽约。他的大部分图画书都是在与自然十分亲近的农舍里完成的，他从这一方自然天地间获得创意。据说，《小黑鱼》的灵感来自那里的一池子米诺鱼，而田鼠阿佛的原型最初就出现在他的花园里。那只小田鼠诗人总是自顾自地冥想着，收集阳光、颜色和词语，等待特别的时候以特别的方式，给人以温暖与魔力。那是另一种生存状态，或许是更为接近本质的一种。这是不是李奥尼在春天和夏天收集到的，而在冬天带到纽约去的呢？

　　他的编辑很感慨，李奥尼在图画书的创作上似乎没有受过来自传统童书界的任何影响，与编辑之间的关系也很独特。李奥尼自然很愿意告诉编辑他的下一本书可能是基于什么创意，但直到他把创作完成的书拿到出版社之前，谁也不知道书的具体内容。李奥尼非常自信地认为，他近乎完美的创作能给大家带来惊喜，而实际上确实每次都是如此。这位艺术家兼设计大师甚至将字体都设计好了，他一直选择一种很老派的字体（Century Schoolbook），因为他感觉这种印刷字体最便于孩子们辨认。而关于文字选择多大的字号，以及细致到应该放在页面的什么位置，这位设计师也早已精心地安排。

　　人们常常更多地谈到李奥尼的绘画，但他对文字其实同样非常考究。编辑们将他誉为"二十世纪的伊索"，除了赞叹他创作的故事寓意深远之外，也在赞叹他的文字简洁、清晰而富于诗意。他的图画书文字虽说能让小孩子直接读懂或听懂，却不是那种专门说给小孩听的腔调，因为他的故事是讲给所有人听的。反复揣摩李奥尼写下的那些看似简单的文字，有时我感觉也是相当的老派，更像欧洲人的英语而不是美国人的英语，其文法的严谨规范堪称范本，而其在字眼上的选择却非常富于个性。他似乎并不当然地选择一些常用词，而更倾向于选择一些更有原始趣味、更富象征意味的字眼。

有一次与松居直先生聊李奥尼的图画书，老先生提供了两条有趣的线索：一是他认为李奥尼所有的图画书都在追问同一个问题——"我是谁"；二是李奥尼曾潜心研究过印度教的一支，这对于他的图画书创作影响很大。了解第一条线索确实对我们整体看待李奥尼的作品帮助很大，比如小蓝和小黄可以看作自我的消弭与重塑，小黑鱼是群体中的领袖，哥尼流则领风气之先，阿佛是具有魔力的诗人，玛修是在发现世界的同时发现自我的艺术家，《亚历山大和发条老鼠》《自己的颜色》和《鱼就是鱼》则都在讲述一个自我认同的过程……仔细想来，他们又或多或少就是李奥尼自己。

但关于第二条线索，我至今还没有找到深入的资料。不过换个角度来看，倒是有修炼瑜伽的人把李奥尼的作品视作心灵读本，比如《田鼠阿佛》和《自己的颜色》就被列为"瑜伽书"。以这种新视角重读《田鼠阿佛》，它确实包涵着这样的寓意，教人向自我内在去寻找安宁和幸福，而不是全然依赖于外部的物质世界。

不管成年人的世界如何拔高李奥尼，孩子们对他是自有主张的。他们为李奥尼的作品着迷，并深深爱着那些故事中的主人公。

美国一位女作家兼教育家薇薇安·佩利写了一本书，名为《共读绘本的一年》，讲述她在担任一所幼儿园的老师期间与孩子们分享了一年多李奥尼作品的故事。那是一个名叫瑞妮的小女孩发起的，那时她正在狂迷田鼠阿佛，除了阿佛和他的创造者李奥尼之外，别的她什么也不在乎。薇薇安和全班的孩子一起读完了幼儿园图书室里收藏的 14 本李奥尼，仍旧不过瘾，他们就再读，或是表演，或是自己来涂画，每天都在说啊、聊啊，关于李奥尼，关于阿佛、哥尼流、小黑鱼、小鸟蒂科……

就这样过了一整年。回想起来，那就像是一场梦，非常甜美的梦。当 1999 年李奥尼去世时，已经上小学五年级的瑞妮打电话给薇薇安，她说自己非常想念李奥尼，非常想念那一段大家和李奥尼在一起的日子，说着不禁难过起来。薇薇安很想安慰这个女孩，她突然想起曾经与孩子们一起讨论过的问题：在李奥尼作品的所有主人公中，到底哪一个是李奥尼？当时孩子们争论了很久，投票最多的是阿佛，其次是哥尼流，但他们都不大确定。薇薇安答应说，她要亲自去问问李奥尼本人。她后来真的去问了，可惜那一批孩子已经离开了幼儿园。

薇薇安又提起了这件事，瑞妮立刻兴奋起来。

"他告诉你了吗？"她屏住呼吸，不敢再吱声。

"我当时是在纽约访问他。他走到一堆他自己的书前，拿出一本《小黑鱼》，然后用一支棕色的蜡笔在小黑鱼上画圈，那是一个很大的圈，在下面他画了一条横线。最后他在横线上写下一个大字'我'。那就是李欧·李奥尼自己。"

"没有人想到是小黑鱼，"瑞妮大叫，"可是我们应该想到的，你说对吗？我是说，因为我们就像其他的那些小鱼一样，我们总是围着他。他可以把我们带到任何地方。他让我们觉得自己就像一条很大、很大的鱼——聚在一起会更强壮。"

她扬扬得意地笑了："对啊，他当然就是小黑鱼。"

阿甲 记于 2010 年 3 月 8 日　北京

在李奥尼的图画书处女作《小蓝和小黄》中展现得可谓淋漓尽致，他的晚年之作《玛修的梦》或许是他的艺术追求的更为直接的诠释。在那个故事里，老鼠艺术家玛修的心上人（后来的妻子）名叫尼克莱塔（Nicoletta），同样意大利味儿十足。

而当纳粹控制了意大利后，有一半犹太血统的李奥尼不得不携妻儿离开，去到大洋彼岸的美国，在那里他的事业取得了惊人的成就。但大约二十年后，他仍然决定再次回来定居，似乎这里是他魂牵梦萦的土地。

当李欧·李奥尼年近半百时，已是功成名就。他在广告设计行业扬名已久，后来在印刷界、杂志界都担任过设计主管的要职，最为著名的是担任了十年的《财富》周刊的设计总监。在这个期间他还多次在欧洲、日本和美国举办自己的个人画展、设计展，曾经担任过美国平面造型艺术学会的主席，并出任1953年度国际设计大会的主席。除此之外，他还有一堆数不过来的头衔。可就在此时，他决定辞职，休息一段时间，然后搬到意大利去住，而且据说已经签约到那边的一个天知道叫什么名字的小杂志社去做设计！至少与他在美国的状况相比，新岗位的工资将缩水到微乎其微。李奥尼身边的人感到很震惊：这家伙脑子出问题了吗？

就在这段时间，发生了一个许多热爱李奥尼的图画书读者所熟知的故事：在一次短途火车旅行中，李奥尼用从杂志上手撕下来的色块为5岁的孙子和3岁

的孙女讲故事，精彩的故事赢得了孩子们的心，于是经过一番整理和制作便成了经典的《小蓝和小黄》。从此，李奥尼又多了一重身份：儿童图画书大师。这看似纯粹偶然的事件，对于这位正在放慢脚步、重新审视自己生活的艺术家而言，却如水到渠成。他关上了一扇窗，而另一道门向他敞开。

李奥尼的图画

百夫长，是最早皈依基督教的非犹太人。这仅仅是一个巧合吗？说实话我也不知道，但我想还是为这只特立独行的鳄鱼保留哥尼流的大名吧，是否巧合的判断留给读者。

意大利是李奥尼的第二故乡。

他是在十五岁时踏上这片土地的，在此之前他在美国费城上了一两年中学，更早之前他在老家荷兰的阿姆斯特丹。在意大利他完成了学业，以一篇关于珠宝贸易的论文获得了热那亚大学的经济学博士学位。虽然他更擅长绘画和设计，但完成这种论文也不费力，因为他的父亲就是一位珠宝设计师，也是一位西班牙裔犹太人。

十六岁那年，也是在那里，他遇到了自己的另一半娜拉·玛斐，五年后他们结了婚，终身相依相伴。而他的岳父是意大利共产党的创始人之一，李奥尼认识娜拉的时候，玛斐先生就一直被软禁、监禁，因为意大利共产党正在受到墨索里尼独裁政府的迫害。这样的政治时局对李奥尼产生过强烈的震撼，因为前不久他还在费城的中学里自由自在地打篮球呢。

仍然是在意大利，李奥尼开始了自己的艺术家和设计师的生涯，他年轻时略带狂躁的绘画创作被未来主义领军诗人马里奈蒂极为看好，并被推荐到意大利各地巡展。李奥尼甚至被誉为"空气动力学绘画流派的嫡系传人"、"一个伟大的未来主义者"。虽然他自己从来不这么看，他认为自己更亲近荷兰的风格派，而在设计理念上是地道的包豪斯派。这样的风格

小黑鱼

田鼠阿佛
Frederick

亚历山大和发条老鼠

玛修的梦

鳄鱼哥尼流

一只奇特的蛋

这是我的!

佩泽提诺

世界上最大的房子

鱼就是鱼

蒂莉和高墙

字母树

自己的颜色

西奥多和会说话的蘑菇

蒂科与金翅膀
Tico and the Golden Wings